von Fagan

Die Übereilung

Ein Lustspiel in einem Aufzuge

von Fagan

Die Übereilung
Ein Lustspiel in einem Aufzuge

ISBN/EAN: 9783743357938

Hergestellt in Europa, USA, Kanada, Australien, Japan

Cover: Foto ©Andreas Hilbeck / pixelio.de

Manufactured and distributed by brebook publishing software (www.brebook.com)

von Fagan

Die Übereilung

Die Uebereilung.

Ein Lustspiel
in einem Aufzuge
von Fagan.

WIEN,
gedruckt bey Joh. Thom. Edl. v. Trattnern,
k. k. Hofbuchdruckern und Buchhändlern.

Personen.

Herr von Rosenheim.
Frau von Rosenheim.
Fräulein von Rosenheim, des Herrn von
 Rosenheim Schwester.
Herr von Liebenfeld der jüngere.
Herr von Liebenfeld dessen Oheim.
Herr von Aktenburg, ein alter Liebha-
 ber des Fräuleins von Rosenheim.
Johann, des jüngern Liebenfeld Diener.
Zween Bedienten, aus dem Rosenheimi-
 schen Haus.

Die Handlung gehet vor in dem Rosenhei-
 mischen Garten, nahe beym Gartenhaus.

Gegenwärtiges Lustspiel führet im Französischen den Titel l'Etourderie. Wörtlich wäre er zu übersetzen gewesen: die Unbesonnenheit. Man hat aber mit gutem Bedacht den Titel: die Uebereilung gewählet. Der Karakter eines Unbesonnenen ist, daß er in allem, was er thut, ohne Ueberlegung handelt. Eine Uebereilung hingegen kann auch von dem vernünftigsten Manne begangen werden. Hier kömmt nur eine einzige unüberlegte Handlung des jungen von Liebenfeld vor, woraus ein lächerliches Mißverständniß entstehet.

Was die Uebersetzung des Lustspiels selbst betrifft, hat man sich nicht genau an den Grundtext gebunden, sondern vorzüglich getrachtet, dem Stücke die Gestalt eines deutschen Originals zu geben. Man hoffet, daß wenigstens die Vorstellung dabey gewinnen werde. Aus einer ältern Uebersetzung, welche einer hiesigen Monatschrift eingeschaltet ist, sind die deutschen Namen der spielenden Personen: Liebenfeld, Rosenheim, Aktenburg, beybehalten worden.

Erster Auftritt.

Liebenfeld der jüngere, Johann,
(der zuerst hereintritt.)

Johann.

Gehen Eure Gnaden nur herein. Ich habe alles so veranstaltet, daß Sie das Fräulein zu sprechen bekommen werden.
Liebenf. Aber weißt du gewiß, daß sie meinen Brief bekommen hat? Darf ich mich wohl hier sehen lassen?
Joh. Ganz sicher. Ich habe einen Bedienten auf unsere Seite gebracht, der hat den Brief bestellet. Er hat mir auch gesagt, daß Fräulein von Rosenheim um diese Stunde im Garten spazieren zu gehen pflege. Aber darf ich fragen, wozu alle diese Umschweife? Was

braucht

braucht es Briefe, und geheime Zusammenkünfte? Eure Gnaden sind von einer bekannten Familie, haben Geld, sehen gut aus. Warum machen Sie es nicht wie andere, und lassen sich in dem Hause ihrer Geliebten aufführen? Wie mancher, der sich Ihnen nicht vergleichen darf, tritt mit der größten Dreustigkeit in die Häuser ein? und Sie — Sie machen den Blöden.

Liebenf. Was soll ich dir sagen? Ich bin zum erstenmale verliebt; es ist mir nicht möglich, so dreust wie andere zu seyn. Mein guter Johann, ich liebe auf das heftigste, ich empfinde alle Macht einer Leidenschaft, die mir bisher unbekannt war.

Joh. Ich liebe auf das heftigste — ich empfinde alle Macht einer Leidenschaft — für wen? für eine Person, die man nur einmal gesehen hat?

Liebenf. Es ist wahr, ich sahe Fräulein von Rosenheim vorgestern, in der Gesellschaft, zum erstenmal. Ihr Anblick bezauberte mich. Noch mehr ihr holdseliges, ihr einnehmendes Wesen; ob ich schon nur wenig Worte mit ihr sprechen konnte. Ihre Mutter war immer gegenwärtig.

Joh. Was sagen Eure Gnaden von einer Mutter des Fräuleins?

Liebenf. Nun! die ältliche Person, die bey ihr war, ist ohne Zweifel ihre Mutter?

Joh. Nein, Frau von Rosenheim ist nur die Schwägerin des Fräuleins.

Liebenf. Ich hörte die Namen Frau und Fräulein von Rosenheim. Die ältere Dame schien sich etwas gebieterisch zu betragen. Meine Vermuthung war ganz natürlich.

Joh. Vortrefflich, daß keine Mutter da ist; um so leichter ist der Zutritt.

Liebenf. Gleichwohl bin ich itzt, da der Augenblick herannahet, wo ich meine Schöne sprechen soll, voller Unruhe. Vielleicht hat sie meine Liebeserklärung übel aufgenommen; vielleicht wird ihr mein Umgang mißfallen. Denn in Wahrheit, ich bin in der Kunst, die Herzen der Frauenzimmer zu gewinnen, noch sehr unerfahren.

Joh. Hm! in ihren Jahren, und mit ihrer Gestalt, gefällt man allezeit.

Liebenf. Aber man macht auch in meinem Alter mit der Blödigkeit eine schlechte Figur.

Joh. O! in der Liebe überzeuget das Stillschweigen oft mehr, als die größte Beredsamkeit.

Liebenf. Nun, weil du so witzig bist, so sage mir das sicherste Mittel, das Herz einer Schönen zu gewinnen?

Joh. Es giebt deren viele. Eines der gewöhnlichsten, und das am seltensten fehlschlägt, ist, wenn man auf eine geschickte Art Geschenke anzubringen weiß. Nichts bewähret mehr die Aufrichtigkeit eines Liebhabers. Man kann schwören, daß man vor Liebe stirbt, ohne daß das Herz etwas fühlet. Allein, nur selten wird man den Beutel aufmachen, wenn man nicht wirklich verliebt ist.

Liebenf. Dies Mittel würde hier sehr übel angebracht seyn.

Joh. Nun, so giebt es ein anderes, das Gespräch der Augen. Zum Beyspiele. Dort steht die Schöne, hier bin ich. Ich hefte einen Blick auf sie; aber was für einen schmachtenden Blick? Itzt wirft sie einen auf mich. Unsere Blicke begegnen sich; und unsere Herzen fangen an zu glühen, wie Kohlen zwischen zween Brennspiegeln.

Liebenf. Das ist das letzte Mittel, wenn alle andere Zugänge versperret sind.

Joh. O, wenn man sich sprechen kann, so giebt es bessere. Kleine Gefälligkeiten, Seufzer, abgebrochene Reden. Ungefehr so: ach! warum hat
doch

doch eine so liebenswürdige Person nicht auch ein fühlbares Herz? Ich — liebenswürdig! Herr von Liebenfeld! Ich besitze keine so große Reizungen. — Ach! antworten Sie, mit einem herzbrechenden Seufzer: Mein englisches Fräulein! nur zuviel, nur zuviel für meine Ruhe. Hernach schweigen sie beyde, und sehen sich zärtlich an. Hernach küßen Sie der Schönen die Hand. Sie gesteht wenigstens halb und halb, daß sie Sie nicht haße. Endlich sagt man es sich frey heraus, daß man sich liebt; man wiederholt es so oft, so oft, daß man es am Ende satt wird.

Liebenf. Du bist ein vortrefflicher Maler. Doch still, wen sehe ich?

Zweyter Auftritt.

Die Vorigen. Herr v. Rosenheim.

Herr von Rosenheim. (Ohne Liebenfeld und Johann zu sehen.)

Meine Frau, und meine Schwester, haben schon wieder einen Streit miteinander. Daß doch Frauenzimmer sich so selten vertragen!

Joh. Das ist nicht die Person, die wir erwarteten.

Liebenf. Da sieht man deine vortrefflichen Anstalten.

Joh. Wir werden ihm nicht ausweichen können.

Rosenh. Ich sehe schon, ich muß meine Schwester aus dem Hause schaffen. Warum besinnet sich ihr alter Aktenburg so lang, bis er Ernst macht! Aber, wer sind diese Leute? Ich glaube, der junge Liebenfeld, mit seinem Bedienten. Was mag er wollen?

Joh. Er hat uns bemerket, wir müssen ihn anreden.

Liebenf. Was soll ich ihm sagen? Soll ich ihm meine Absicht entdecken? Wenn ich nun eine abschlägige Antwort erhalte?

Joh. Itzo bleibt nichts anders übrig. Der Bruder ihrer Schönen muß es doch einmal wissen. Frisch gewagt!

Rosenh. (zu Liebenfeld.) Darf ich mich erkundigen, wen Sie suchen, und was Sie zu befehlen haben?

Liebenf. (weiß nicht gleich zu antworten.)

Joh. (zu Liebenf.) Mit der Sprache heraus. Man hat schon unsere Absicht errathen.

Rosenh. Was für Absichten?
Joh. Daß es um ein —
Rosenh. Um......
Liebenf. Wohin bringst du mich?
Joh. Um ein verliebtes Anliegen zu thun ist.
Rosenh. Wie? darf ich es nicht wissen?
Liebenf. Ja, mein Herr von Rosenheim. Ich habe mich der Ursache nicht zu schämen, die mich hieher führet; ich will sie Ihnen frey entdecken.
Rosenh. Thun sie es.
Liebenf. Ich hoffte hier eine liebenswürdige Person anzutreffen, die von Ihnen abhängt, und die ich anbete. In der Ungewißheit, wie meine Neigung aufgenommen werden dürfte, wollte ich vorher ihre Gesinnung erforschen, ehe ich einen weiteren Schritt wagte. Da aber ein Zufall meinen Plan verrücket, so nehme ich keinen Anstand, Ihnen zu eröffnen, daß es ihre liebenswürdige Fräulein Schwester ist, gegen die ich die zärtlichsten Gesinnungen hege.
Rosenh. Wie, Herr von Liebenfeld? Sie sind in meine Schwester verliebt?
Liebenf. Mein Antrag wird Ihnen übereilt, vielleicht verwegen scheinen. Allein, was hilft es, ein so heftiges Feuer

Feuer länger zu verbergen? Ich muß doch einmal wissen, ob ich hoffen darf? Ja, mein Herr von Rosenheim, ich bete ihre liebenswürdige Schwester an. Vor drey Tagen hatte ich das Glück, sie mit ihrer Frau Gemahlin in einer Gesellschaft anzutreffen. Sie zu sehen, und von ihr entzückt zu seyn, war eines. Seit diesem Augenblicke habe ich alle meine Ruhe verlohren. Ohne den Besitz ihrer Person finde ich sie nicht wieder. Meine Familie, meine Umstände, sind Ihnen bekannt. Ich bin der glücklichste Mensch auf Erden, wenn ihnen mein Antrag nicht mißfällt.

Rosenh. Ich kenne ihre Familie, und besonders ihren Onkel, sehr wohl, ob ich schon, bey meiner eingezogenen Lebensart, meine alten Freunde selten sehe. Er ist ein würdiger Mann; er hat mir einmal eine große Gefälligkeit erzeiget. Sie haben von ihm eine ansehnliche Erbschaft zu hoffen. Weiß er etwas von ihren Absichten?

Liebenf. Noch nicht, aber —

Rosenh. Er sollte es billig vor allen andern wissen.

Liebenf. Das war auch mein Vorsatz. Noch heute wollte ich es ihm entdecken, er sollte den Antrag in meinem Namen ma=

machen. Nur wünschte ich vorher, der Gesinnung ihrer englischen Fräulein Schwester versichert zu seyn. Mein Wagen hält wenig Schritte von hier, ich fahre den Augenblick zu meinem Onkel hin. Nur eine kleine Hoffnung.

Rosenh. Mein werthester Herr von Liebenfeld, ich bin ihnen recht sehr geneigt; wenn nur ihr Onkel nichts dagegen hat, daß sie so jung heurathen. Sie sind ja kaum zwanzig Jahre alt!

Liebenf. Er giebt gewiß seine Einwilligung. Mit Freuden gibt er sie, ich stehe gut dafür.

Rosenh. Ich zweifle nicht daran, doch möchte ich ihn gern vorher selbst sprechen.

Liebenf. In einer halben Stunde wird er hier seyn, er wohnet gleich in der nächsten Gasse, in seinem Garten. Ich fliege zu ihm.

Rosenh. Wollen Sie nicht einen Augenblick hier verweilen?

Liebenf. Nein, jeder Augenblick ist mir kostbar.

Rosenh. Aber —

Liebenf. Ich habe keine Ruhe, bis ich meinen Onkel herbringe, bis ich meines Glückes versichert bin. Entschuldigen sie mich, theuerster Herr von Ro-

senheim. Ich eile wieder zu Ihnen her.
(er geht eilig ab.)

Joh. Unsere Sachen gehen geschwinder, als ich geglaubet habe.

Dritter Auftritt.

Herr von Rosenheim allein.

Nun in Wahrheit, das ist ein Zufall, der mir recht gewünscht kömmt. Keine bessere Gelegenheit konnte ich finden, Frieden im Hause zu stiften. Was für eine närrische Sache ists nicht um die Liebe? Er findet meine Schwester anbetungswürdig; er will sterben, wenn er sie nicht zur Frau bekömmt, und gleichwohl hat diese entzückende Schöne schon fünf und vierzigmal ihren Geburtstag erlebet. Doch es wundert mich eben so sehr nicht. Ich habe oft gehöret, daß die erste Liebe junger Mannspersonen gemeiniglich auf Frauenzimmer fällt, die ihnen an Jahren ungleich sind. Ha, ha, ha! das gefällt mir wegen des alten Aktenburg, der sich so lange besinnet, ob er meine Schwester endlich heurathen will? Der Pinsel sagte mir noch heute früh:

früh: Herr Bruder! ich heurathete Fräulein Rosenheim gern, wenn sie nur nicht bisweilen so abgeschmackt wäre! Gut, gut, mein lieber Aktenburg! itzo wirst du sehen, daß andere Leute nicht so delikat sind, wie du? Hier kömmt sie eben, mit meiner Frau.

Vierter Auftritt.

Frau v. Rosenheim, Fräulein von Rosenheim, u. Hr. v. Rosenheim.

Fräulein von Rosenheim. (unwillig.) Gehen Sie, gehen Sie, hochweise Frau Schwägerinn, mit ihren spitzfindigen Anmerkungen. Es ist schon ihre Art, den Leuten unangenehme Dinge zu sagen.

Rosenh. Nun, giebt es schon wieder Händel?

Fr. v. Ros. (gelassen) Nehmen Sie doch nicht alles gleich so übel auf, liebste Schwägerinn. Ich habe nicht daran gedacht, Sie zu beleidigen. Es thut mir unendlich leid, daß —

Frl. v. Ros. (heftig) Ja freylich thut es Ihnen leid....

Rosenh. Seyd doch stille, ich habe etwas vorzubringen.

Frl. v. Rof. (noch immer heftig) Ja, es thut Ihnen leid, daß sich Leute finden, die meine Verdienste zu schätzen wissen.

Rosenh. So wollt ihr mich nicht hören?

Fr. v. Rof. Sie muthen mir recht niederträchtige Gesinnungen zu, da ich doch thue, was eine aufrichtige Freundschaft von mir fodert. Ich bat Sie nur, den Schmeicheleyen eines jungen Menschen nicht so leicht zu glauben; eines Menschen, der Sie ein einzigesmal gesehen hat, und dem es einfällt, Ihnen einen verliebten Brief zu schreiben. Wie bald ändern nicht dergleichen junge Herren ihre Gesinnungen? hernach bedauret man seine Leichtgläubigkeit.

Frl. v. Rof. Es ist wahr, er hat mich nur einmal gesehen. Ich weiß aber, was er mir sagte, da er mir beym Weggehen aus der Gesellschaft, (spöttisch) vorzüglich vor Ihnen, die Hand zum Wagen gab. Ich bemerkte gar zu gut den tiefen Eindruck, den ich bey ihm gemacht hatte. Eine heftige Liebe entsteht allezeit plötzlich; sie ist nie die Frucht einer langen Ueberlegung. Doch reden
wir

wir nicht weiter davon. Herr Bruder! ich habe Ihnen zu eröffnen, daß ein gewisser von Liebenfeld mir in solchen Ausdrücken zuschreibet, welche nicht etwann einen Scherz, eine flüchtige Liebe, sondern ernstliche Absichten auf meine Person anzeigen. Sie glauben mir vielleicht nicht; so hören Sie es denn: (sie liest) „Gnädiges Fräulein! Ich unter-
„ stand mich neulich nicht, um die Er-
„ laubniß zu bitten, Ihnen in ihrem
„ Hause aufwarten zu dürfen. Heute
„ wage ich es, und wende mich an Sie
„ selbst —

Hr. v. Ros. Ich wundere mich gar nicht über das, was er schreibet.

Frl. v. Ros. Hören Sie weiter Bruder. (sie liest) „an Sie selbst, mein schön-
„ stes Fräulein. Allein ich sage es Ih-
„ nen vorher, ich erscheine als ein Lieb-
„ haber, und zwar als ein solcher, auf
„ dessen Herz Sie einen Eindruck gemacht
„ haben, der, so lange ich lebe, dauern
„ wird. Darf ich nun kommen? Mein
„ Schicksal hänget von ihrer Antwort
„ ab. „

Karl von Liebenfeld.

Hr. v. Ros. Ich kann dir noch mehr sagen, Schwester. Den Augenblick ist
Lie-

Liebenfeld selbst bey mir gewesen, und hat mir seine Neigung entdeckt.

Frl. v. Ros. (freudig.) Er ist schon da gewesen! er hat schon mit dem Bruder geredet! Hören sie es Schwägerinn?

Fr. v. Ros. Wenn es so ist, kann ich nichts weiter sagen.

Hr. v. Ros. Er hatte sich in den Garten geschlichen, in der Hoffnung, dich (zur Schwester) zu sprechen. Allein statt deiner traf er mich an; da konnte er mir seine Absicht nicht länger geheim halten. Er schien eben so aufrichtig, als heftig verliebt.

Frl. v. Ros. Ja freylich heftig verliebt, sterblich verliebt. O mein lieber Bruder, Sie müßen mir ein wenig helfen. Ich kann ihn nicht lang in der Ungewißheit laßen; ich muß ihm melden, daß mein Herz nicht unempfindlich ist; daß er hoffen kann; und daß, bey so aufrichtigen Absichten, ihm der Zutritt frey steht.

Fr. v. Ros. Um des Himmelswillen, Fräulein Schwester, alles das wollen Sie ihm schreiben?

Frl. v. Ros. (mit einer wichtigen Mine) Ja hochgeehrteste Frau Schwägerinn, Sie mögen sagen, was sie wollen. Ich will ihm schreiben. Mein Bruder soll
mein

mein Sekretär seyn. Mir selbst traue ich nicht. Ich möchte zu viel sagen; meine Empfindung möchte allzustark hervorleuchten. So schmeichelhaft ein solcher Sieg ist, muß ein Frauenzimmer doch seine Neigung verbergen. Gehn wir, Bruder, verlieren wir keinen Augenblick. (zur Frau von Rosenheim) Möchten Sie, und der Aktenburg, aus Verdruß darüber bersten.

Hr. v. Ros. Ich folge gleich nach. (Fräulein von Rosenheim geht in das Gartenhaus.)

Fünfter Auftritt.

Herr und Frau von Rosenheim.

Hr. v. Rosenheim.

Aber mein Engel! Sie sollten es ja gern sehen, daß die Närrinn heurathet. Wie lange habe ich nicht gewünscht, ihrer los zu werden. Ihr wunderlicher Humor. . . .

Fr. v. Rosenh. Glauben Sie Rosenheim, was ich ihr sagte, geschah aus bloßer Freundschaft. Aber sollten Sie auch
un-

unwillig auf mich werden, so muß ich gestehen, daß ich noch immer nicht begreife, wie eine Person von ihren Jahren eine so heftige Neigung einflößen kann. Ich habe alles wahrgenommen, was zwischen ihr und Liebenfeld, in der Gesellschaft vorgegangen ist. Zwar gab ich auf den Diskurs nicht so genau acht; aber aus dem, was ich gehöret, hätte ich mir nimmermehr einfallen lassen, daß die Sache von solchen Folgen seyn würde. Nein, ich will doch nicht glauben, daß etwan der junge Mensch mit ihr seinen Scherz treibt; daß sie ihm auf eine unvorsichtige Art dazu Anlaß gegeben hat!

Hr. v. Rosenh. O! das geht zu weit. Ich sage es noch einmal, daß er meine Schwester von mir begehret hat.

Fr. v. Rosenh. Nun ich zweifle nicht daran.

Hr. v. Rosenh. Mein Engel! Ich will nichts wider deinen Willen thun. Hast du ein Bedenken, so sage mir es. Ist dir die Heurath nicht anständig, so gebe ich dir mein Wort, es soll nichts daraus werden. Allein, man muß doch glauben, was wirklich ist. Sicherlich, nie hat ein Liebhaber mehr wahren Ernst blicken lassen. Doch still, hier kömmt er er schon von seinem Onkel zurück. Itzt kanust du es selbst hören.

Sechster Auftritt.

Die Vorigen, der junge von Liebenfeld.

Liebenfeld (für sich, indem er die Frau von Rosenheim erblicket)

Himmel! hier ist sie, wie bestürzt macht mich ihre Gegenwart!

Hr. v. Rosenh. Sie sind schon wieder hier? Das heißt geflogen. Was bringen Sie für Nachrichten?

Liebenf. (für sich) Kaum kann ich reden.

Hr. v. Rosenh. Haben sie ihren Onkel angetroffen? Giebt er seine Einwilligung?

Liebenf. Längstens in einer Viertelstunde wird er Ihnen aufwarten.

Hr. v. Rosenh. Nun es freuet mich, daß seine Gesinnungen mit ihrem Verlangen übereinstimmen. Die meinigen habe ich Ihnen schon entdecket. (Er weist auf die Frau v. Rosenh.) Doch meine Einwil-

willigung allein ist nicht hinlänglich. (zur
Frau v. Rosenheim.) Ich lege bey Ihnen
mein Wort für Herrn von Liebenfeld
ein. (zu Liebenfeld.) Das Frauenzimmer
denkt zuweilen anders, als wir. Sie
haben von der Aufrichtigkeit der jungen
Liebhaber nicht allzeit die vortheilhaftesten Begriffe. Es kann also wohl seyn,
daß man Ihnen einige Bedenklichkeiten
entgegen setzen wird. Thun Sie ihr
Bestes!

(geht in das Gartenhaus ab.)

Siebenter Auftritt.

Frau v. Rosenheim, Herr v. Liebenfeld der jüngere.

Frau v. Rosenheim (für sich)

Er scheint mir ganz bestürzt.

Liebenfeld (furchtsam.) Also zweifeln
Eure Gnaden an meiner Aufrichtigkeit?
wie unglücklich bin ich, daß man ihnen
so widrige Begriffe beygebracht hat?

Fr. v. Ros. Mein Herr von Liebenfeld! Ich bin gewohnt, frey zu sagen,
was ich denke. Ich gestehe Ihnen, daß
ich

ich ein wenig gezweifelt habe, ob man einer so schnell entstandenen Liebe trauen dürfe?

Liebenf. (heftig) Ob man meiner Liebe trauen dürfe? Ach sagen Euer Gnaden ohne Zurückhaltung, daß sie mißfällt. Zeigt nicht selbst meine Unruhe, meine Uebereilung, genugsam von ihrer Heftigkeit? Was könnte mich sonsten zu einem solchen Schritte bewegen? Hätte ich es wohl sonst gewaget, zu schreiben? Wäre ich so unangemeldet herein gekommen? Und hätte ich wohl mündlich das Geständniß einer unglücklichen Liebe wiederholet, die mir, weil sie mißfällt, das Leben kosten wird?

Fr. v. Rof. (lächelnd) Mein kleiner Zweifel wird Ihnen nicht so theuer zu stehen kommen. Aber die Sprache der Verliebten ist schon einmal in diesem Tone gestimmet. Ich wundere mich nicht darüber. Man glaubt oft selbst, mehr gerührt zu seyn, als man es wirklich ist.

Liebenf. Wie grausam sind nicht ihre Anmerkungen!

Fr. v. Rof. Vielleicht thue ich Ihnen Unrecht. Müßen Sie aber nicht selbst zugeben, daß eine so heftige Leidenschaft, auf bloß einmal sehen, etwas ganz außerordentliches ist?

Lie-

Liebenf. Eure Gnaden wollen mich nur prüfen. Wie wäre es sonst möglich, daß Sie ein solches Mißtrauen zeigen könnten? Wenn ich selbst, an der Beständigkeit meiner Gesinnungen zweifelte, würden nicht die bezaubernden Reizungen, die mich gefesselt haben, dafür Bürge seyn?

Fr. v. Rof. Das sind abermal Ausdrücke...

Liebenf. Die mißfallen...

Fr. v. Rof. Nein, die ich übertrieben finde. Jedem andern würden sie eben so vorkommen. Die Reizungen, die Sie rühmen, können ihren Werth haben. Sie sollten aber billig von ihrer Geliebten auch noch andere Eigenschaften anführen. Tugend, Vernunft, Witz, Annehmlichkeit des Umgangs. Ich hätte geglaubt, diese Eigenschaften sollten Sie vorzüglich gerühret haben.

Liebenf. Ach! alles, alles hat mich gerühret! Aber warum soll ich nicht das nennen, was mich gleich beym ersten Anblicke bezaubert hat? Meine Ausdrücke davon sind nicht übertrieben; sie erreichen nicht die Helfte dessen, was ich empfinde. Doch, ich mache gern auch dieses Opfer, ich will davon schweigen. Nur die Aufrichtigkeit meiner Gesinnungen lasse ich nicht anfechten.

Fr.

Fr. v. Rof. Nun, beruhigen Sie sich, ich habe Sie, wie Sie selbst sagen, nur ein wenig auf die Probe gestellt. Sie wissen sich so gut zu verantworten, daß man ihnen glauben muß.

Liebenf. Ach! Sie geben mir das Leben wieder.

Fr. v. Rof. Ich sehe, daß Sie aufrichtig lieben.

Liebenf. Wie groß ist nicht mein Entzücken, daß ich endlich Glauben finde! Verbannt sey auf immer aller Zweifel! Ja gewiß! nie, nie hat es einen aufrichtigern, zärtlichern Liebhaber gegeben, als ich bin. Allein, noch immer fehlet zu meiner Zufriedenheit das Wesentlichste. Ist auch das Herz meiner angebeteten Rosenheim gerührt? darf ich ihre Gegenliebe hoffen?

Fr. v. Rof. Sie ist nicht unempfindlich.

Liebenf. Himmel! kann ich mich dessen schmeicheln?

Fr. v. Rosenh. Ja, mein Herr von Liebenfeld! Nun darf ich Ihnen sagen, daß ihr Antrag wohl aufgenommen wird.

Liebenf. (küßt ihr die Hand) Ich bin für Freuden außer mir.

Frau von Rosenh. Ihre Geburt, ihre Person, alles redet für Sie.

Liebenfeld. Ach allzu gütig! Ich erkenne nur gar zu gut, wie unendlich das Glück, wornach ich strebe, alle meine Verdienste übersteiget.

Frau von Rosenheim Durch so viele Bescheidenheit werden sie noch größer. Doch ich sehe meine Schwägerinn kommen. Reden Sie mit ihr, versichern Sie sich ihrer Einwilligung. (lächelnd) Sie werden wohl nichts dagegen haben, daß ich Sie mit ihr allein lasse. (geht ab.)

Achter Auftritt.

Liebenfeld der jüngere, Fräulein v. Rosenheim.

Liebenfeld (für sich.)

In was für eine Unruhe hat sie mich von Anfang gesetzet! Nun lebe ich wieder auf. Doch sollte etwan ihre Schwägerinn meinen Absichten entgegen seyn? Ich will es nicht hoffen.

Frl.

Frl. v. Rof. Sind Sie es Herr von Liebenfeld? Man hatte mir gesagt, daß Sie zu Ihrem Herrn Onkel gefahren wären. Ihre Eilfertigkeit ist allerliebst. Sie widerlegt am besten alle Zweifel, die man gegen Ihre Gesinnungen erregen wollte. Meine Schwägerin wird Ihnen eine Menge Sachen vorgeredet haben? Wundern Sie sich nicht darüber; es ist schon ihre Art so, immer mißtrauisch. Ich bin ganz anders.

Liebenf. Eure Gnaden beruhigen mich. Kann ich also hoffen?

Frl. v. Rof. Hoffen Sie, mein werthester Liebenfeld. Ja, hoffen Sie alles, was man immer hoffen kann. Sie haben geschrieben, man hat ihren Brief wohl aufgenommen.

Liebenf. Ich bekenne, daß meine Kühnheit sehr groß war.

Frl. v. Rof. Warum?

Liebenf. So geschwind hätte ich vielleicht meine Liebe nicht entdecken sollen.

Frl. v. Rof. Ein dergleichen Bekenntniß mißfällt nie, wenn es von einer Person kömmt, wie Sie sind. Einmal muß doch der Anfang gemacht werden. Da man nicht wußte, wie bald man Sie zu sehen bekommen würde, hat man ihr

Schreiben beantwortet. Meine Schwägerinn hatte zwar dabey allerley Bedenken. Sie glaubte, es schicke sich nicht. Allein ich habe sie durch meine Gründe überzeuget.

Liebenf. Wie groß ist nicht ihre Gütigkeit?

Frl. v. Rof. Da die Antwort schon einmal entworfen ist, so muß man Sie des Vergnügens nicht berauben, den Inhalt davon zu lesen. Hier ist sie. Sie werden daraus ersehen, was für Gesinnungen man gegen ihre Person heget.

Liebenf. Kann ich Eurer Gnaden wohl genug danken? Erlauben Sie, daß ich Ihnen die Hände tausendmal dafür küsse. (er küsset ihr die Hände.)

Frl. v. Rof. Man sollte Ihnen billig dergleichen kleine Freyheiten noch nicht gestatten.

Liebenf. Es ist wahr, sie werden mir alsdenn mehr erlaubt seyn, wenn die glücklichste der Heurathen uns näher verkunden hat.

Frl. v. Rof. (schamhaft) Ach alsdenn — alsdenn ist Ihnen alles erlaubt.

Liebenf. Wenn man sich einander so nahe angeht, ist nichts natürlicher.

Frl. v. Rof. Man müßte wohl äusserst wunderlich seyn, sich darüber aufzuhalten.

ten. Ich kann Sie ja alsdenn für mein anderes Ich ansehen.

Liebenf. O! man kann nicht schmeichelhafter sich ausdrücken, als Sie es thun. Diese erwünschte Verbindung macht mich zu dem glücklichsten Menschen auf Erden.

Frl. v. Rof. (mit einer wichtigen Mine) Gewiß, Sie werden sich nicht zu beklagen haben. Sie bekommen eine Person, die Welt besitzet; die weiß, was man einem Ehegatten schuldig ist.

Liebenf. (heftig) Sagen Eure Gnaden, die vollkommenste Person in Wien.

Frl. v. Rof. Eine Person, die hundert Partheyen ausgeschlagen hat. (zärtlich) Weil sie der Himmel für Herrn v. Liebenfeld bestimmet hatte.

Liebenf. Ach! niemand kann alle ihre Vollkommenheiten beschreiben. Aber hätte ich wohl vorgesehen, daß man mir so gütig begegnen würde? Wie ungegründet war meine Furcht?

Fr. v. Rof. Ihre Furcht befremdet mich gar nicht. Eine heftige Liebe ist allzeit furchtsam.

Neunter Auftritt.

Die Vorigen, ein Bedienter.

Bedienter.
Herr von Aktenburg will seine Aufwartung machen.

Frl. v. Rof. Aktenburg? der kömmt mir eben recht. Sagt ihm, daß ich noch heute, aber zum letztenmale, seinen Besuch annehmen werde.

Zehnter Auftritt

Fräulein v. Rosenheim, Herr von Liebenfeld.

Fräulein von Rosenheim.
Dieser Aktenburg, der sich ansagen läßt, hat sich auch einfallen lassen, eine Liebeserklärung zu machen; man wird ihn aber nach Hause schicken. Doch wäre ein wenig zu hart, ihm den Abschied in Gegenwart seines Mitbuhlers zu geben. Sie werden also schon die Gütigkeit haben, Liebenfeld, mich einen Augen-

genblick mit ihm allein zu lassen. Gehen Sie indessen in der Allee spatzieren.

Liebenf. (Den Brief, den ihm Fräulein von Rosenheim gegeben hat, in der Hand haltend.) Ich habe hier etwas in Händen, das mir die angenehmste Unterhaltung machen wird.

Eilfter Auftritt.

Fräulein von Rosenheim. (allein.)

Ich wollte, daß meine neidische Schwägerinn sähe, wie inbrünstig er mich liebet. Der allerliebste junge Mensch! wie stolz bin ich auf eine solche Eroberung! Aber seine Liebe ist doch ganz außerordentlich heftig. Ich muß machen, daß unsere Heurath bald zu Stande kömmt, sonst möchte mir das gute Kind krank werden. Und ich selbst könnte....

(Herr von Altenburg tritt ein.)

Zwölfter Auftritt.

Fräulein von Rosenheim, Herr v. Aktenburg.

Herr von Aktenburg.

Gnädiges Fräulein! was muß ich hören? ist es wahr? ist es möglich? Man sagt, daß ein anderer Liebhaber mich ausstechen will; daß es schon wirklich auf das Heurathen ankömmt.

Frl. v. Rof. Man muß so schwach im Kopfe seyn, wie Sie, um eine Unmöglichkeit darinn zu finden.

Hr. von Aktenb. Wie nehmen Eure Gnaden doch alles so übel auf! So verstehe ichs nicht. Der Himmel bewahre mich, daß ich Eure Gnaden beleidigen sollte! Ach nein! die Verzweiflung redet aus mir. Schon fünf Jahre, fünf ganze Jahre, gehe ich mit dem Vorsatz um, Sie zu heurathen.

Fräul. v. Rof. (heftig.) Warum haben Sie sich so lang bedacht? Habe ich Ihnen nicht oft gesagt, daß Ihnen das Zaudern am Ende theuer zu stehen kommen würde?

Hr.

Herr. von Aktenburg. (für sich.) Sie haben Recht. Ich weiß selbst nicht, wie ich so lange habe warten können. (er sieht sie an.) Wahrhaftig, itzt sehe ichs erst, Sie sind liebenswürdig.

Frl. v. Ros. Liebenswürdig! Nun, so fangen Sie einmal an zu sehen.

Hr. v. Aktenb. Wie stark habe ich gefehlet.

Frl. v. Ros. (spöttisch.) Ey? Sie hätten gefehlet? Es beliebt Ihnen nur so zu sagen.

Herr v. Aktenb. Ach wie schön sind Eure Gnaden?

Fr. v. Ros. Ists ihr Ernst?

Herr v. Aktenburg. Ja, schön, anbetenswürdig. Ich Blinder! Itzt gehen mir die Augen auf. Nun wundere ich mich nicht mehr, daß man Sie mir so vor dem Munde wegschnappt. Der Henker hole! ich war wohl ein rechter Stockfisch! (fällt auf die Knie.) Ach englische Rosenheim! Haben Sie Mitleiden mit einem alten treuen Liebhaber? Thun Sie mir kein so unbeschreibliches Unrecht!

Frl. v. Ros. Itzt ists zu spät. Nun muß ich unbarmherzig seyn. Es thut mir zwar leid, allein mein guter Aktenburg, Sie

ha=

haben es so haben wollen. Schreiben Sie sich selbst ihr unglückliches Schicksal zu.

Hr. v. Aktenb. Wie? Ist für den armen Aktenburg gar keine Hoffnung übrig?

Frl. v. Rof. Stehn Sie auf, Sie kommen mir zu nahe. Sie müßen mich nun schon als eine Person betrachten, die einem andern zugehöret. Nicht einmal sehen darf ich sie mehr.

Hr. v. Aktenb. Nicht einmal sehen? (steht auf.)

Frl. v. Rof. Würde es sich wohl schicken, daß einer, der mein Liebhaber war, noch ins Haus käme? Was würde Herr von Liebenfeld denken!

Hr. v. Aktenb. Entsetzlicher Streich!

Frl. v. Rof. Mit meinem Schicksale kann ich zufrieden seyn. Ich heurathe den liebenswürdigsten jungen Menschen; kaum zwanzig Jahr alt, von Stande, sterblich in mich verliebt, der alle Minuten zählet mich zu besitzen.

Hr. v. Aktenb. Wer Teufel hätte sich träumen lassen, daß ein junger Mensch so geschwind zufahren sollte! Um des Himmelswillen Fräulein Rosenheim....

Frl. v. Rosenh. Mein guter Aktenburg, Seufzen, Weinen, alles ist umsonst. Ihr Beyspiel wird andern, die so lange tändeln, zur Warnung dienen. Leben Sie wohl.

Dreyzehnter Auftritt.

Herr von Aktenburg allein.

Sie muß in der That Schönheiten besitzen, die ich bisher nicht wahrgenommen habe. Wie wäre es sonst möglich, daß Liebenfeld sich so plötzlich in Sie verliebt hätte? (er schlägt sich an die Stirne) Ich bin ein rechter Narr gewesen. Doch ich gebe noch nicht alle Hoffnung auf. Hier kömmt ein junger Mensch. Das ist ohne Zweifel Liebenfeld. Ich muß mit ihm reden; vielleicht steht er ab, wenn er höret, wie lang schon unsere Bekanntschaft dauert.

Vierzehnter Auftritt.

Herr von Aktenburg, Herr von Liebenfeld der Jüngere.

Liebenfeld. (ohne Herrn von Aktenburg zu sehen, liest in dem Antwortsschreiben der Fräulein von Rosenheim.)
Jedes Wort dieses entzückenden Briefs vermehret meine Flammen.

Aktenb. (von der Seite in den Brief sehend) Ja, ja, es ist ihre Handschrift. Ich kenne sie nur gar zu gut.

Liebenf. (liest) „Suchen Sie unsere Verbindung zu beschleunigen. Ich erlaube es Ihnen.„ (küßt den Brief.)

Aktenb. Die Ungetreue!

Liebenf. (liest) „Es ist zwar ein gewisser Herr von Aktenburg....

Aktenb. Sie denkt doch noch an mich.

Liebenf. (liest) „Den ich von Herzen hasse.„

Aktenb. (laut, daß es Liebenfeld höret.) Sie hat nicht immer so gedacht.

Liebenf. Was beliebt? Wer sind Sie?

Aktenb. Ich bin der Aktenburg, dessen Namen Sie erst gelesen haben. Sie werden also wissen, daß zwischen Fräulein von Rosenheim und mir eine Heurath auf dem Tapet war.

Liebenf. Ich habe etwas davon gehöret.

Aktenb. Ich muß Ihnen noch weiter sagen, daß ich mir schmeicheln durfte, von Fräulein Rosenheim nicht gehasset zu seyn.

Liebenf. Dieser Umstand war mir ganz unbekannt.

Aktenb. Die Sache hat doch ihre Richtigkeit. Ich könnte Sie leicht davon überzeugen. Allein, in allem, was das schöne Geschlecht betrift, muß man verschwiegen seyn.

Liebenf. Sie haben schon zu viel gesagt.

Aktenb. Gar nicht zu viel, mein Herr von Liebenfeld. So ist Ihr Namen, wie ich höre. Fräulein Rosenheim hat mir mehr als einmal geschrieben.

Liebenf. Geschrieben? Ihnen?

Aktenb. Ja, mir. Und mit aller Vorsichtigkeit ließ man Merkmale der Zärtlichkeit blicken.

Liebenf. Sie möchten mich gern in Unruhe setzen, allein Sie wissen es nicht recht anzufangen. Mein werther Herr von Aktenburg, wenn Fräulein Rosenheim Ihnen so geneigt war, warum brachten Sie, bey einer so langen Bekanntkanntschaft, Ihre Heurath nicht eher zu Stande?

Aktenb. Ich muß selbst bekennen, daß ich es eher hätte thun sollen.

Liebenf. Wenn Sie sonst keine Ursache anzugeben wissen, glaube ich Ihnen nichts.

Aktenb. Eine kann ich Ihnen sagen. Fräulein von Rosenheim hat bey allen Vollkommenheiten gewisse, gewisse Stunden (er zeiget auf die Stirne.)

Liebenf. (für sich) Sicherlich! er ist nicht recht bey Sinnen.

Aktenb. Ja, gewisse Stunden, wo sie — etwas wunderlich ist. Gleichwohl liebe ich sie zum Sterben; und wenn ich sie nicht bekomme, so werde ich darüber närrisch.

Liebenf. Ich fürchte immer, mein lieber Aktenburg, Ihr Verstand hat schon ein wenig gelitten. Denn was Sie mir da sagen, ist so unglaublich. —

Fünf=

Fünfzehnter Auftritt.

Die Vorigen. Zween Bedienten.

(Die einer nach dem andern aus dem Gartenhause kommen.)

Erster Bedienter. (zu Liebenfeld.)
Die gnädige Frau läßt Eure Gnaden ersuchen, in das Haus zu gehen.

Liebenf. Ich wartete nur auf ihren Befehl. Gleich werde ich erscheinen.

Aktenb. (für sich) So gar die Frau vom Hanse hat sich auf seine Seite geschlagen.

2ter Bedienter (zu Liebenfeld.) Das gnädige Fräulein läßt Eure Gnaden bitten, nur noch einen Augenblick hier zu verziehen. Sie will ein paar Worte mit Ihnen allein sprechen.

Liebenf. (etwas leise, und mit einem zärtlichen Tone) Sag er ihr, daß sie gar zu viel Gnade für mich hat, und daß ich sie mit Verlangen erwarte.

Sechzehnter Auftritt.

Liebenfeld, Aktenburg.

Aktenburg.

Nein, das kann ich nicht so geduldig ansehen. Ich muß noch einmal mit ihr sprechen. Ich will mich ihr zu Füßen werfen; ich will seufzen, weinen, ich will sie beschwören; ich will ihr vorstellen, daß ich das älteste Recht auf ihr Herz habe. Alle meine Beredsamkeit will ich anwenden. (geht ab.)

Siebenzehnter Auftritt.

Liebenfeld allein.

Ist es möglich, daß man eine so liebenswürdige Person diesem alten Narren hat aufopfern wollen? Vielleicht hat er gleichwohl das Glück, ihr zu gefallen! Die Liebe ist oft blind. Doch ich kann es nicht glauben. Hier kömmt sie schon.

Achtzehnter Auftritt.

Frau von Rosenheim, Liebenfeld der Jüngere.

Frau von Rosenheim.

So muß ich selbst kommen, um Sie hinein zu nöthigen? Bald verfalle ich wieder auf meine vorigen Zweifel.

Liebenf. Diesen Augenblick bekam ich von Eurer Gnaden den Befehl, daß ich Sie hier erwarten sollte.

Fr. v. Ros. Ich — hätte Ihnen sagen lassen, Sie sollten hier warten?

Liebenf. In ihrem Namen wurde mir es ausgerichtet.

Fr. v. Ros. Die Bedienten müßen einen Irrthum begangen haben. Ich ließ Sie im Gegentheil ersuchen, hinein zu kommen.

Liebenf. Ach! mir liegt etwas wichtigeres auf dem Herzen. Eben itzt geht Herr von Aktenburg von mir weg; er will sich Ihnen zu Füßen werfen, er will sein Aeußerstes anwenden. Sollte ihm wohl noch Hoffnung übrig bleiben?

Fr. v. Ros. Es ist wahr, er ist über das Schicksal seiner Liebe dergestalt be-
trof-

troffen, daß er ganz außer sich ist. Ich habe selbst mit ihm Mitleiden.

Liebenf. Mitleiden mit ihm? Und das sagen Sie mir, Grausame!

Fr. v. Rof. (lächelnd) Der Ausruf ist etwas stark. Doch man muß sich schon mit Ihnen dazu gewöhnen. Was haben Sie noch zu fürchten? Ist nicht alles so gut als richtig?

Liebenf. So gut, als richtig? Wenn die Klagen eines andern Liebhabers Sie rühren.

Fr. v. Rof. Dessen ungeachtet bekömmt er seinen Abschied.

Liebenf. Gerührt seyn, und wieder lieben, ist einerley. Ach theuerste Rosenheim! wenn ich mit Ihrer Person nicht zugleich Ihr Herz erhalte, bin ich verloren.

Fr. v. Rof. Meine Person! mein Herz!—

Liebenf. Ja! Wenn ihr Herz meinen Mitbuhler bedauert, so ist es noch getheilet, so muß ich noch immer fürchten.

Fr. v. Rof. Ich bekenne, daß ich Sie nicht verstehe.

Liebenf. Leider! verstehe ich alles nur gar zu gut. Gleich bey der ersten Unterredung mußte ich eine gewisse Kaltsinnigkeit wahrnehmen. Zwar tröstete mich bald darauf die Antwort auf mein

Schrei=

Schreiben. Allein diese hatte ich bloß der Vorbitte anderer zu danken. Und wenn auch itzt alle Umstände günstig scheinen, so sagen doch diese schönen Augen mir das nicht, was mich allein glücklich machen kann.

Fr. v. Rof. Welche Verwirrung! Habe ich mich etwa nicht deutlich genug erkläret? Man findet für gut, zu ihrem Verlangen meine Einwillignng zu begehren. Ich prüfe zuvor ihre Gesinnungen. Sie scheinen mir aufrichtig. Ich ertheile meine Einwilligung mit Freuden. Das reuet mich auch itzo nicht. Aber um Himmels willen! was begehren Sie weiter von mir! Was suchen Sie in meinen Augen, das ihre Glückseligkeit befestigen soll?

Liebenf. (heftig) Grausame! spotten Sie nur eines Unglückseligen! Jetzo will ich fragen, ob man wohl lieben, und dabey so kaltsinnig seyn kann?

Fr. v. Rof. Wie? Ich; kaltsinnig! ich — Sie lieben!

Liebenf. Lieben! Nein! das darf ich nicht fodern. Das wäre zuviel. Keine trügerische Hoffnung mehr. Mein Schicksal ist entschieden, unglücklich entschieden. Grausame! erfüllen Sie so ihre

Zu=

Zusage? Warum mußte ich Sie sehen? Warum mußte ich Sie lieben?

Fr. v. Rof. (Sie fällt ihm in die Rede) Mich lieben Sie?

Liebenf. Ja, Sie liebe ich, Sie bete ich an.

Fr. v. Rof. Was reden Sie Liebenfeld? Sind Sie ausser sich?

Liebenf. (heftig) Ja Grausame! ich bin ausser mir. Warum treiben Sie ihren Spott so weit? Unglücklicher Tag, unselige Stunde, wo ich Sie sah!

Fr. v. Rof. Wahrhaftig, Sie erschrecken mich. Wissen sie denn nicht....

Liebenf. Nein, nichts weiß ich. Doch ich will schweigen, ich will Ihnen keine weitern Vorwürfe machen. (nach einem kurzen Stillschweigen) Ach! Frau von Rosenheim hatte mir es wohl gesagt.

Fr. v. Rof. Endlich gehn mir die Augen auf. Ich muthmassete schon lang etwas. Freylich, mein guter Herr von Liebenfeld! ist keine Hoffnung für Sie übrig.

Liebenf. Unerbittliche! finde ich schon bey Ihnen kein Mitleiden, so werden andere mir es nicht versagen. Die ganze Welt soll Ihre Unbeständigkeit, Ihre Grausamkeit erfahren.

Fr.

Fr. v. Rof. Herr von Liebenfeld! Herr von Liebenfeld! Wenn Sie mich doch hören wollten....

Neunzehnter Auftritt.

Herr v. Rosenheim, Fräulein von Rosenheim, Hr. von Aktenburg, Johann, und die Vorigen.

Hr. v. Rof. (zu Herrn von Liebenfeld.) Was giebts? Warum sind Sie so aufgebracht?

Frl. v. Rof. Was ist Ihnen?

Liebenf. Ich bin ausser mir.

Hr. v. Aktenb. Ich wette, Frau von Rosenheim hat für mich geredet.

Liebenf. (zu Herrn von Rosenheim) Ach mein Herr von Rosenheim! Sollten Sie es wohl glauben, daß eine Person, welche noch vor wenig Minuten meinem Verlangen Gehör zu geben schien, itzt auf einmal die größte Abneigung gegen mich zeiget?

Hr. v. Rof. (zu seiner Frau) Das will ich nicht hoffen, Sie wissen ja meine Gesinnung?

Frl. v. Rof. Nun! das geht einmal zu weit.

Fr.

Fr. v. Rof. (zu ihrem Manne) Wenn sie wüßten....

Hr. v. Aktenb. Keine Rechenschaft, Eure Gnaden! Kein Nachgeben! Sie streiten für eine gerechte Sache.

Hr. v. Rof. (zu seiner Frau) Wenn man einmal sein Wort gegeben hat, darf man es nicht zurück nehmen.

Fr. v. Rof. Wenn sie alles wüßten, wenn es sich für mich schickte....

Hr. v. Rof. (ungeduldig) Wenn sie wüßten, wenn Sie wüßten.... Wahrhaftig sie machen mich ungeduldig. Ich sage Ihnen noch einmal, daß die Schwägerschaft mit Herrn von Liebenfeld unserm Hause zur Ehre gereichet.

Fr. v. Rof. Unserm Hause zur Ehre?..

Hr. v. Rof. Und warum nicht? Ich möchte die Ursache wissen.

Liebenf. Geben Sie sich weiter keine Mühe, Herr von Rosenheim. Es ist alles umsonst; nichts kann ein so hartes Herz rühren.

Hr. v. Rof. (zur Frau von Rosenheim.) Soll ich dich etwan auf den Knien bitten? Hat man jemals gehöret, daß eine Frau, so gar ohne alle Ursache, sich dem Verlangen ihres Mannes widersetzet hat?

Hr. v. Liebenf. (für sich erschrocken) Seine Frau! (zu Johan) seine Frau! Hörst du es Johan? Ich bin des Todes!

Johan. Das ist der Teufel! da haben wir die schöne Uebereilung.

Hr. v. Rof. (noch immer zornig zu seiner Frau) Nun, giebst du dich noch nicht?

Fr. v. Rof. Ja! Ja! erzürnen Sie sich nur nicht, ich rede kein Wort mehr. Ich werde alles mit Gelassenheit ansehen.

Frl. v. Rof. Mit Gelassenheit! Wir, wir müßen wohl eine englische Gelassenheit haben. Kehren Sie sich an nichts, Liebenfeld, die Einwilligung meines Bruders ist Ihnen genug.

Hr. v. Aktenb. Die Einwilligung der gnädigen Frau ist ebenfalls nothwendig.

Frl. v. Rof. Mengen nur Sie sich nicht darein.

Hr. v. Aktenb. Frau von Rosenheim ist für die Gerechtigkeit, sie nimmt sich eines armen Verlassenen an.

Frl. v. Rof. Alles hülft ihnen nichts. Und wenn die ganze Welt dawider wäre, so heurathe ich noch heute meinen Liebenfeld.

Hr. v. Rof. (zu Aktenb.) Auch ich muß Ihnen noch einmal sagen, Sie schmeicheln sich umsonst.

Hr. v. Liebenf. (der die ganze Zeit traurig in tiefen Gedanken gestanden ist). Nein, mein Herr von Rosenheim? Ich erkenne meinen Irrthum. Für mich ist

ist keine Hoffnung. Ich muß meine unglückliche Liebesflamme ersticken. Sie sollen von mir nicht weiter beunruhiget werden. Ich nehme auf ewig Abschied.

Hr. v. Ros. Da haben wir wieder was neues. Was ist Ihnen? Wo wollen sie hin?

Frl. v. Ros. (läuft zu Liebenfeld) Um des Himmels willen, Liebenfeld, bleiben Sie, bleiben Sie doch.

Hr. v. Ros. (zu Frau von Rosenheim) Alles wegen deines unglücklichen Eigensinnes. Doch dem Himmel sey Dank! hier kömmt der Onkel, der wird der Verwirrung bald ein Ende machen.

Johann. Da zweifle ich stark daran.

Zwanzigster Auftritt.

Alle Vorigen, Herr von Liebenfeld der Oheim.

Herr von Liebenf. der Oheim.

Gehorsamster Diener, gehorsamster Diener, allerseits.

Hr. v. Ros. Tausendmal willkommen, mein wehrter alter Freund, wie gerufen kommen Sie.

Hr. v. Liebenf. der Oheim. Reden Sie ein wenig lauter. Seit einem Jahre, daß wir einander nicht gesehen haben, ist mir ein Fluß auf die Ohren gefallen, daß ich etwas schwer höre. (er wird die Frau von Rosenheim gewahr) Wen sehe ich da? das ist sie gewiß, die schöne Fräulein Rosenheim. Ja, sie ists, der Beschreibung nach, die mir mein Vetter von ihr gemacht hat. (zum jungen Liebenfeld) Gut gewählt, Vetter! Ein rechter Engel! (zu Herrn von Rosenheim) Sie erlauben doch.... (er will die Frau von Rosenheim umarmen.)

Hr. v. Ros. Nein! Sie irren sich, sie ist es nicht.

Hr. v. Liebenf. der Oheim. Bey meiner Treue, recht reizend, allerliebst..

Hr. v. Ros. Alles, was Sie wollen, aber er ist meine Frau.

Hr. v. Liebenf. der Oheim. Wir müssen die Sache vollends zu Ende bringen. (zur Fr. von Rosenheim) Nun, mein schönes Fräulein! Wollen Sie meinen Vetter nehmen?

Hr. v. Ros. (sehr laut) Ich sage es Ihnen noch einmal, Sie irren sich. Hören Sie denn gar nicht?

Hr. v. Liebenf. der Oheim. Nun was wollen Sie! Ich weiß ja schon alles; ich gebe

gebe meinen Willen darein. Nur geschwind zum Notarius geschickt.

Hr. v. Rof. (laut auf Fräulein Rosenheim weisend) Da, meine Schwester, meine Schwester will Ihr Vetter heurathen.

Frl. v. Rof. Ich merke, das Gesicht taugt bey dem guten Alten eben so wenig, als das Gehör. Er hätte ja aus der Beschreibung, die ihm sein Vetter gemacht hat, schliessen sollen, daß ich es bin.

Hr. v. Liebenf. der Oheim. Ich verstehe sie alle nicht.

Hr. v. Rof. (sehr laut zu dem alten Liebenfeld) Die Person, mit der Sie reden, ist meine Frau; dort, dort steht die Braut.

Hr. v. Liebenf. der Oheim. O, wenn das Ihre Gemahlin ist, so kann sie freylich mein Vetter nicht heurathen.

Hr. v. Rof. So verstehe ich es auch.

Hr. v. Liebenf. der Oheim. Gut, gut, ich bin es auch zufrieden. (auf Fräulein v. Rosenheim zeigend) So ist also diese die Braut?

Frl. v. Rof. Dem Himmel sey Dank! Endlich begreift er es einmal.

Hr. v. Liebenf. der jüng. Ja, mein werther Onkel! die liebenswürdige Rosenheim ist es, die ich zu heurathen gedachte.

dachte. Allein, so heftig mein Verlangen war, den Gegenstand meiner Zärtlichkeit zu besitzen, muß es doch itzt der Ehrerbietung weichen. Unauflößliche Verbindungen lassen mir keine Hoffnung übrig. Hier dieser Herr von Aktenburg liebt Fräulein von Rosenheim seit vielen Jahren; man ist gegen ihn nicht unempfindlich. Eine so vollkommene Liebe darf ich nicht stören. Ich trete ihm meinen Platz ab. Eine ewige Entfernung ist alles, was mir übrig bleibt.

Johann. Ja, wir sind gescheide Leute, wir wissen uns in unser Unglück zu schicken.

(Liebenfeld der jüngere, und Johann gehen ab.)

Einundzwanzigster Auftritt.

Herr und Frau von Rosenheim, Fräulein v. Rosenheim, Liebenf. der Oheim, Hr. v. Aktenburg.

Hr. v. Liebenf. der Oheim.

Wie? er geht davon?

Frl. v. Ros. Er läßt sich abschrecken? Er läßt mich sitzen? Das ist zum rasend werden.

Hr.

Hr. v. Aktenb. Ha, ha, ha! Nun bin ich ihn einmal los.

Hr. v. Rof. (zu seiner Frau) Nicht wahr, nun sind Sie zufrieden? Da sind Sie ganz allein daran Ursache.

Fr. v. Rof. (lächelnd) Ich! es steht ja nun bey Ihnen, ihn wieder herrufen zu lassen.

Hr. v. Liebenf. der Oheim. Ich verstehe kein Wort von dem ganzen Mischmasch. Doch soviel merke ich, aus der Heurath wird heute nichts. Ja, ja, so geht es; jungen Liebhabern muß man was zu gut halten, und nicht alles mit ihnen so genau nehmen wollen. Und hernach (er sieht Fräulein von Rosenheim an) hernach — wunderts mich eben nicht. Doch jetzo ist es schon einmal nicht anders. Leben Sie wohl, ich empfehle mich.

Zweyundzwanzigster Auftritt.

Herr und Frau von Rosenheim, Fräulein von Rosenheim, Herr v. Aktenburg.

Hr. v. Rosenheim.

Aber hat man jemals in seinem Leben etwas dergleichen gehöret?   Hr.

Hr. v. Aktenb. (tiefsinnig) In Wahrheit, das ist etwas sonderbares.

Hr. v. Ros. Liebenfeld macht eine schriftliche Liebeserklärung; er schleicht sich in den Garten, um seine Geliebte zu sprechen; er thut eine förmliche Heurathsanwerbung; er bittet, flehet, will vor Ungeduld sterben; die Anverwandten willigen ein; und da es zum Schluße kömmt, läuft er davon.

Hr. v. Aktenb. Hören Sie, Rosenheim! Er hat so gar Unrecht nicht. Man mag so verliebt seyn, wie man will, wenn es Ernst wird, wenn man die unwiederruflichen Worte aussprechen soll, so zittert der Standhafteste. Ich selbst, ich, der ich noch vor wenigen Minuten für Furcht, meine Geliebte zu verlieren, sterben wollte, bekenne es, daß ich jetzo, wo ich keinen Nebenbuhler mehr habe, beynahe anstehe, was ich thun soll.

Fr. v. Ros. Was für ein abgeschmackter Einfall, nach so vielem Geschrey und Lärmen!

Hr. v. Ros. (zu Aktenburg) Ich will nicht hoffen, daß Sie sich jetzo noch erst bitten lassen wollen? Konnte die Sache wohl für Sie einen günstigern Ausgang nehmen?

Frl. v. Rof. Ja, mein guter Aktenburg, Sie können vom Glücke sagen.

Hr. v. Aktenb. Nun, ich sehe wohl, der Himmel hat uns für einander bestimmet. Also mein lang angebeteter, wankelmüthiger Engel! Wollen Sie meine Liebe krönen? (er giebt ihr die Hand.)

Frl. v. Rof. (Indem sie ihm ebenfalls die Hand darreichet) Ja, ich bin die Ihrige.

Fr. v. Rof. Meine allerliebste Schwägerinn! mein werthester Herr von Aktenburg! ich wünsche Ihnen von ganzem Herzen Glück. Da nunmehr alles vorbey ist, könnte ich mich leicht wegen der Vorwürfe, die man mir gemacht hat, rechtfertigen, und das Räthsel auflösen, doch....

Hr. v. Rof. Was wollen Sie damit sagen?

Fr. v. Rof. Jetzt ist keine Zeit dazu. Gehn wir, ein anderesmal will ich Ihnen alles entdecken.

Hr. v. Aktenb. (Indem er Fräulein von Rosenheim im Abgehen die Hand giebt) Nun, ich lobe mir die Heurathen, die mit Bedacht geschehen.

Ende des Lustspiels.